땅 껍데기 위에 무지렁이

안영준 시집

시 음 사
시 사 랑 음 악 사 랑

펜 끝에 삶을 실어 인생을 풀어내는 안영준 시인

안영준 시인의 '땅 껍데기 위에 무지렁이' 시집을 보면 제호부터 거침이 없다. 스스로 '무지렁이'라고 표현하기가 그리 쉬운 것은 아니다. 시인은 '무지렁이'라는 단어 속에 끊임없는 창작에 대한 뜨거운 열정과 굳센 의지를 실었다. 무지렁이가 아니기에 당당하고 거침없는 필력으로, 보이는 세상과 보이지 않는 세상을 시인만의 시각으로 시집 한 권에 담았다. 그 속에 시인의 '詩'에 대한 사랑과 갈망 그리고 지나온 삶의 발자취와 앞으로의 꿈이 고스란히 배어있다. 그리고 그 모든 것을 독자와 소통하기를 원한다. 어찌 보면 참 욕심 많은 시인이다. 그 욕심으로 인하여 더 많은 사람이 '詩'와 가까워져 삶이 넉넉해지고 긍정적인 에너지가 전달되어 졌으면 좋겠다는 바람을 가져본다.

하루 24시간 누구에게나 주어진 시간은 동일하다. 그러나 그 시간을 어떻게 활용하느냐에 따라 분명 시간의 차이는 다를 것이고 삶의 질도 달라질 것이다. 예술가는 눈으로 보이는 세상을 담아내기도 하지만, 눈으로 보이지 않는 세상을 담아내고 풀어내는 것이 예술가의 본질이다. 안영준 시인은 보이지 않는 마음과 생각을 꺼내어 표현하는 능력을 갖춘 시인이다. 안영준 시인의 시각으로 표현된 작품이 많은 독자에게 공감이 된다면 명작이 되고 독자의 가슴에 남을 것이다.

안영준 시인은 '詩'라는 통로를 통해 제2의 멋진 삶을 꿈꾸고 도전해 가고 있다. 그 설레는 기점에서 혼자가 아닌 '讀者'를 초대했다. 그 독자와 함께 '땅 껍데기 위에 무지렁이' 시집을 추천할 수 있어 기쁜 마음이다. 함께 가는 이 길이 외롭지 않고 미래 지향적이며 누군가가 또 꿈꿀 수 있는 저서가 되길 바란다.

(사)창작문학예술인협의회 이사장 김락호

시인의 말

고단하고 삭막한 환경에서 오롯이 앞만 보고 급하게 인생 전반을 흘렸지만 이순 될 무렵 생업에서 한발 물러나 휴식을 하며 무료한 일상을 보내던 중 가치관 있게 변모하고자 하는 목적으로 문학의 길을 선택 하게 되었고 그러면서 잃었던 내 몫 하나를 더 찾게 된 것이다. 어쩌면 자신도 모르던 적성을 느지막이 발견하게 된 셈이다. 그로 인해 삶의 질도 양성화된 기분이라 매우 흡족하다. 또한 글을 다루는 게 일상이 되었고 습관이자 유일한 낙이다. 계획대로 흐르지 않음이 삶의 이치인 듯하다. 하지만 뜻이 있다면 뒤에는 결실이 있음을 또 한 번 경험 하게 되었다. 그랬듯이 앞으로도 현란하게 꾸며진 글보다는 입장이나 정서를 재구성하여 독자 누구나의 시선에 쉽게 끌려갈 수 있도록 열정적 마음가짐으로 혼과 정성을 담아 애착이 가는 글을 꾸준히 쓰고자 한다.

하세월 보고 듣고 느꼈던 묵은 감정을 꺼내 쓰기보다는 개발하는 자세로 문운을 확장하며 자신을 채찍하고 승화시키려 한다. 뿌려 놓은 씨 이제 겨우 싹이 오르니 성장 속으로 양분을 채우고 실한 열매가 맺어지기를 바라며 오늘도 변함없이 여백을 칠한다.

시인 안영준

♣ 목차

♣ 목차

♣ 목차

날개 달은 三千女心

부소산 소나무 아래
삼천궁녀 먼저 밟았던 길

가련한 지조 삼천궁녀
청순한 마음 안고 백마강에 몸 던져
비단 물결 이루었습니다

못내 아쉬워 남쪽 동네 연못에 묻혀
피보다 진한 사연 안고
붉은 꽃 지우고 또 피었습니다

몸 던질 적 흘린 눈물
수정구슬 되어 푸른 쟁반에
애처로이 맺혔습니다

매미

뙤약볕이 끓어도
아랑곳하지 않는다

볕이 있었기에 왔다
사랑 노래 부르러 꼭 와야 했다

꾸부정히 땅속에 묻힌 혼은
간신히 비집고 나와
떨리는 가슴으로 울어야만 했다

몇 날만 있다 갈 걸 이왕 왔으니
나무 그늘에 앉아
이슬이나 먹고 고함이나 질러보자

가슴 찢어져라 외치는
애절한 사랑가
그 소리는 빈 가죽만 남기었다

아픔의 고뇌

음탕한 먹구름은
무지개를 덮치려 탐욕을 했다
내 눈엔 띄지 않았고 소리도 없었다

나 태평하게 웃던 그 날도
먹구름은 보이지 않게 다녀갔다

신뢰는 좀먹듯 무너져 버리고
결국 날벼락을 맞으며
약한 뇌리는 울림의 자극을 받았다

추악한 그자들은
골병든 몸뚱이에 멍하나를 덧붙이고
바람과 함께 어디론가 사라져 버렸다

전곡항 부두

순풍을 염원하며
배 가는 곳 갈매기 따라 날며
널어진 윤슬은
뱃머리에 부딪혀 사라지고

조개껍데기에
스민 파도는 청정수 되었다

떨어지는 빗소리는
바닷물에 굴욕 되고

빗소리 잠잠할 때
잠자는 어정 찾아온 구름은
하얀 이불 살포시 덮어준다

휴양림 고독

휴양림 숲길
만개한 맥문동 보라 꽃

이리저리 이동하며
꿀 빠는 미식가 벌 나비

향기도 없건만
기막히게 잘 찾아왔네

맥문동 모임에
늙은 망초는 주책이지

그 속에 꼽사리 끼어
바람 등지고 서서 멋쩍게
흐느적거리네

바위틈 고비 초도
볼이 붉어져 고개 숙인 채
부끄러움을 감추지 못하고
마냥 서 있네

아득한 옛날

앞산 부엉이 울음에 놀라
할머니 가슴 파고들어 가
새가슴 벌렁 이며
원초적 본능을 감추려 했던 소년

문풍지 떨림에도 놀라
문지방을 넘어가지도 못하고
호롱불 밑 냉골 바닥에서 뒹굴다
잠들어버린 어린 시절

밤마다 도깨비불이 득실거려
싸리문 밖을 나가지 못하고 울음 울며
첩첩 이불 파고들면
무서움이 달아나진 아닐진대

화를 부른 지렁이

아스팔트를 걷던 지렁이는
모래알로 범벅되어 온몸이 굳어간다

너의 길이 아닌 것을
하필 그때 거기를 걸어야 했나

그 옛날에는 너의 몸을 적시어줄
물이 흡족했었기에
마냥 마르지 않을 것 같았지만
그렇지 않다는 것을 알아야 했다

허황한 판단으로 인해 모두 말랐다

갈증에 허덕이던 지렁이는
화만 부르고 마른 주검으로 남았다

검둥이와 고무신

허물어진 뜰팡
삐뚤빼뚤 코빼기 하얀 고무신
할미 고무신 두 짝

짝 잃은 하얀 고무신 한 짝
할아비 고무신 한 짝은 검둥이 차지
놀잇감 되어 물고 뜯고 질겅질겅

저기 빨간 꽃 그림 신발은
가지런히 어제 그대로
사랑방 문 앞 빨간 꽃신 두 짝
어제 시집온 아기씨 고운 신발

낯선 이의 서먹함 인가
그를 위한 배려인가

검둥이는 아직도
마루 앞에서 흰 고무신 하나와
아기씨를 지키고 있다

고향 간 별

잿빛 구름에 가리어져
희미하게 보이는 덜 익은 둥근달
고향이고 타향이고 환희를 주려
점점 멀어지고 높아만 가네

울타리가 된 작은 별들도
한가위 맞이 고향 찾아갔나
칠성 별 몇 개만 보초 서고 있네
가려 해도 갈 곳이 없는
설움에 눈물 빛 반짝이네

설움 달래 주려
식장산 전망대 빨간 불빛은
이 밤에도 잠들지 않고 깜박이며
내일 아침 별 갈 때까지
벗 되어 함께 하려나 보다

황당 허무

골짜기에 숨어있던
나무꾼은 어둠을 기다린 보람이었다

선녀의 날개 달린 옷 한 벌이
나무꾼에게는 만 가지 기쁨이었다

믿었던지라 옷을 돌려줬지만
선녀는 두 아이를 안고 하늘을 오른다

기쁨도 잠시였고
청천 하늘에 날벼락이 웬 말이냐

그 후 선녀는 비 올 때마다
하얀 드레스 걸치고 그 골짜기
내려와 머물다 눈물을 흘리고 간다

나무꾼 내가 살짝 귀띔하겠소
산에 한 번 더 올라가 기다려 보시오

불나방

짙어져 가는 심야
네온을 찾아 이차 삼차
날갯짓 방향을 돌린다

지하 방 암수 마주 보고
부어라 마셔라
밑 빠진 술잔에 빠졌구나

니나노
음주 가무 흥겨워라
소리통에 악써보네
음정 박자 어디 갔나

몸뚱이는 천근만근
머리는 쥐 나고
주머니는 빈털터리

새벽이슬 맞으며 거처를 향해
비틀비틀 날개를 펴야만 했다

님을 위한 군불

아궁이 속에 던져진
몸은 붉게 달아올라

까만 숯덩이로 변해 가며
희생양이 되고 님의 등을 데우며
그림으로 하늘에 피었다

뜨겁게 온몸 불태울 적
끓어 넘는 솥뚜껑 눈물에
젖고 젖어

님을 위한 따스한 군불은
그렇게 서서히 꺼져갔다

그림 그리는 담쟁이

새 세상을 엿보려 납작 기대고
고지를 향한다

가난에서 진한 연록의 부유로
벽을 타고 오른다

더듬거리며 육신을 늘여
고지에 오르자 손을 번쩍 들었다

추풍 찬 바람이 거들어주니
조막손으로 서서히 벽화를 그린다

호박

남새밭 고토의 연병장에서
낮은 포복 하면서
기백의 태세로 임했지

전투복 무장하고
철조망 넘어가면서
별 달은 스타라고 좋아했지

그때 청춘은 언제였던가

별은 떨어지고
기력을 잃은 채
사지는 말라 몸져누웠구나

옷 벗은 장군은
주름 가득한 덩어리로 변해
말년을 맞는구나

무거운 석양길

통영 앞바다 비춘 윤슬은
바지락 등 긁는 뱃사람 눈을
시리게 한다

동아줄에 묶인 고깃배는
일렁이는 파도를 피하려는 발버둥

그물에 걸려든 운 없는 꽃게는
거품을 물고 두 눈을 부릅뜬다

석양을 본 뱃사람 한숨에 놀라
소리 없이 입 다문 바지락

꼬인 그물의 한탄인가
무거운 발소리는
터벅터벅 집으로 향한다

만취의 기억

한잔 술 목 넘김 하니
짜릿함을 맛본 오장

두 잔 술에
혈은 굽이쳐 뇌리 스치니
환상의 요지경 속이다

네잔 내잔 박치기 하고
세 병 네 병 부어라 마셔라

흐린 기억 꼬이는 양다리
엎어지면 내 집인데
가도 가도 길은 멀기만 하다

앞으로 한발 두발
뒤로 한발 두발
애먼 그림자만 짓밟아지고

진즉 달은 저만치 갔건만
그제야 앞으로 앞으로

출가

외롭게 지내는 텃새는
남의 집 새끼들이 친정에 왕래하는
모습을 마냥 부러워했다

그 새는 일용할 양식을 구해
가난에 허덕이는
새끼를 살펴야 했기에 늘 조급한 일상

연분을 만나게 되어
어미 품을 떠나게 된 새끼를 위해
보금자리를 마련해 주게 된 큰 기쁨

새끼는 철새가 되어서 떠나가야 했고
난 여기 남아야 널 볼 수 있으니
길 잃기 전에 자주 왕래하라는 말만

송학사

갈잎 떨어져 깨진 낙엽 소리에
공허함은 뒹굴고 멍들어진다

개골창 외톨이 고욤나무
분장 된 무성함은 떨구고
열매 몇 개가 산새 양식 전부다

송학사 고목 위 까마귀 곡하니
누런 잎은 냉기를 안고 낙하한다

내리막 갈 때 그림자 길어지고
울던 까마귀 소리도 멀어져 간다

할머니와 장날

지푸라기 똬리 틀어 이고
주름진 보따리 휘어잡고 급한 마음에
동동걸음으로 장에 간다

그을린 손으로 누더기 치마 움켜쥐고
흙 두건 두른 채로 재촉하는 걸음에
흰 고무신 교차는 갈수록 빨라진다

희뜩희뜩 빛바랜 희나리 고추 몇 근
보자기로 싸서 머리에 이고 나선 길

어디로 가야 흥정이 붙을지
어디 가야만 날 기다리는 이 있을지

사방을 돌아도 말 붙이는 이 없어
돌아서는 발걸음은 무겁고
하루를 익힌 해에 등 떠밀려 집으로 향한다

보문사 풍경

산모퉁이 바로 돌아 바람길 없는
양지바른 보문사

허리 잘린 통나무에 걸터앉아
들려오는 염불에 침묵한다

처마 밑 귀퉁이에 매달린 풍경소리도
목탁 소리 장단 맞춰 소원성취 빌고 빈다

돌담 뒤 대나무는 득음하며
땅내 맡은 지 오래건만 아직도 청춘이다

꽃밭 한 귀퉁이 늙은 모과나무는
기왓장 용마루에 기대고 비실거린다

뒤꼍 감나무 회초리 가지에
찢어진 홍시 하나 걸고
곰보 몸뚱이로 서 있는 간절기 보문사

갯벌

널배 타고 신 노선 만들며
밀고 기다 보면 진창에 빠져
차츰 널배 대가리는 갯벌에 처박혀 간다

숨통 막히는 널배는 발버둥 치고
꼬꾸라진 다라 속 조개는 풍비박산
흩어진 조개 주름만큼이나
늘어나는 주름은 파도 골만큼 깊어진다

엎어져 양손으로 절벅절벅 더듬다 보니
한탄 소리는 개흙 속으로 묻히고
조각난 눈물은 떨어져 밀물이 핥아 간다

치매

어머님 날 낳으시고
날 아가라 부르시고
나 젖 떼자 내 이름 부르시더니

나 짝 맺어 아기 낳으니
그 아기를 또 아가라 부르십니다

지금은 그 아가의 아비 이름조차
잊으셨나
그 아가를 아저씨라 오빠라 부르신다

멀리 가시기 전
무겁게 지고 있던 모든 짐 다 놓고
잊고 가려 하셨나요

이제는 아가도
그 아가의 아저씨도 오빠도
부를 수도 볼 수도 없게 되었습니다

어머님 우리 어머님

소리쳐 불러봐도 메아리만 작아질 뿐
어머님은 대답이 없네요

굼불

운명을 다한 삭은 장작은
검은 아궁이로 들어가 화장된다

허리 잘린 젖은 장작은
짜글이 눈물 흘리며
하얀 옷으로 갈아입고 환생한다

피어오른 연기는 유유히 하늘 날고
온몸을 불사른 장작은
시린 나의 가슴을 따뜻하게 데웠다

님의 군불은 구사일생으로
아직 내 가슴에 남아 활활 타고 있다

고향 가신 부모님

확 트인 가야곡 저수지 위에
저녁노을 비출 즈음
회초리 같은 나뭇가지 흔들리고
긴 모가지 억새도 살랑 춤을 춥니다

나 어릴 적 애지중지 안아주고 업어주던
부모님 기억이 아련합니다

불러봐도 대답 없고 두 눈 뜨고도
볼 수 없기에 하늘이 야속하기만 합니다

누가 오라 불렀나요
누가 가라 떠밀었나요
가고 싶어서 가신 것도 아니련만
여한이 밀려 가슴을 꽉 채우네요

이젠 그곳에서 한 줌의 흙으로
자연과 함께하시네요

봉분엔 잔디만 무성할 뿐 말동무도 없고
초목만이 고개를 끄덕입니다

아버지 생각

막걸리 한잔에 애환이 교차합니다

향수에 젖어
철부지 적 고향을 더듬어 봅니다

석양이 붉어질 때 솔가지 불피우시고
매운 연기 속 눈물 훔쳐내시며
부지깽이 질에 허리 굽으신 아버님

그날은 아버님도 좋은 일 있으셨나
즐겨 부르시던 노래
흥을 거르시고 부지깽이도 춤춘다

솥단지 끓어 넘는 밥물만큼
아버지 볼에도 모르는 눈물이 줄줄

걸어가는 갑천 물

갑천 돌멩이 위를
유유히 걸어가는 물을 바라본다

유등천 물과 인연이 되어
윤슬을 등에 업고 꼬리를 물며
느긋하게 걸어간다

회오리에 휘감겨 몸살 난
버들가지는 옷이 벗겨져
소름 돋은 몸을 발발 떨고 있다

감성으로 걷던 나도
연민한 슬픔에 움츠러든다

흡연실의 망상

살짝 어두운 사우나 흡연실 골방
김밥 하나 물고 망상에 심취한다

무겁게 빨아서 토하는
늙은 환풍구의 맥빠진 소리는
달팽이관을 들썩인다

낯선 나체 남 동석하고
불붙은 김밥에 깊은 입맞춤 한다

묵었던 불멸의 허상이 터져
몰래 나온 한숨 소리와
가슴을 돌아 나온 담배 연기는
골골거리는 환풍구를 괴롭힌다

산 소리

잡새들의 노래 즐겁고
까마귀 노목에 앉아 임 부르며
청설모 밤나무 가지 잡고 날뛴다

냉이 한 잎 축대 사이 숨어
고개 내밀고 세상 엿보려다
나와 눈 마주치니 쑥스러워
가랑잎에 얼굴 가린다

허리 굽은 맥문동
세월 재촉하며 나와보니
만만치 않은 세상
굽은 허리 붕대 감고 서 있다

냉이야 맥문동아
나 하산하면 가로등 밝아 오니
천지 비경 맘껏 감상하거라

늙은 소나무

자드락에
터 잡은 늙은 소나무

곱사등에 상처나
고름이 흘러 딱지 졌구나

곰보 몸으로 염증을 앓고
빈사의 고비를 넘기며

반백 년쯤 고난의 생
아직도 부동이니
가엽기도 하구나

대청댐 풍경

일렁이는 바람은
대청댐 고인 물을
흔들어 놓고 사방으로 흩어진다

나루터 빈 배는 너울춤을 추고
초목을 잠재우는
고승의 염불 소리는 아득히 들려온다

척박함에 엎드린 클로버는
네 잎 피우려
양분을 성장 속으로 흡수하고 있다

자연은 현암사 불경 소리 들으며
부스스 기지개 켠다

거룩한 공원

호국영령 눈물은 계곡 타고
방죽에 고여 잔잔한 물결을 이룹니다

한 쌍의 청둥오리도 찾아와
꾸벅꾸벅 노를 젓고 있습니다

차마 만개하지 못한
한 줌의 몽우리 움켜쥔 하얀 목련
고개 숙여 숙연합니다

누구의 손찌검 인가
뿌리 묻힌 영령 덮은 잔디는
원통함에 울부짖다 퇴색됐습니다

푸른 청춘에 흘린 눈물
펄렁이는 태극기가 닦아줍니다

황매산

반질반질한
낙타 등
메아리도 뿌리치는
나신의 황매산

곱던 철쭉
꽃 이파리 떨구고
숱 빠진 대머리
비 젖으니 애처롭다

지친 이들 쉬어가소
평상바위 등짝 내밀고
털 옷 입은
할미꽃은
자드락 바위 밑에
곱사등하고 맞이한다

대천항

부두 옆댕이 웅성거리는 어부들은
너울 파도를 지켜보며 바람 멎길 갈망한다

바닷새는 포구에 정박한 고깃배 청소 임무를 다하고
멀리 갈 채비를 했는지
선장 오기를 기다리며 차분히 승선하고

동아줄에 코를 매단 어린 배들은 쉬고 있는 동안
거품 마사지 서비스를 받고 있다

어장만 지켜봤는데 해는 바다로 곤두박질치고
적막한 어둠 속 칼바람에
험상궂은 파도가 뭍을 때리는 시위는
내일의 꿈과 희망도 꾸지 못할 것 같은 분위기

종일 눈물로 봇짐을 채운 뱃사람들은
웃지 못할 허탕한 심정으로 하루를 갈무리한다

삼다도 비경

위미항 포구에
마주한 한 쌍의 바윗돌
한라산 능선 아래 말굽 화구
몽상 같은 삼다도 천장엔

만유 하는 구름 몽실몽실 떠 가고
한가로운 날갯짓 춤사위
백 갈매기 날아든다

열 바퀴 어릴 적
유채꽃 보고 그린 짝사랑
스무 바퀴 익은 비바리
설화에 묻혀 웨딩 천사 되었다

어제 비에 젖었던 운무는
오늘 무지개 한 아름 안고
화산섬 하늘에 벙그러지게 피었다

가족

인생의 이정표가 되어주신
가냘픈 어머님의 목소리
아련히 들릴 듯 말듯

찬밥에 물 말아 허기 달래시고
질척이는 논으로
걸음 재촉하시던 아버님 뒷모습
보일 듯 말듯

개천가 미루나무 한그루
까치 보금자리
홍시 한 잎 물어다
아기 까치 허기 달래줍니다

까악 까악 여전한 소리는
허기진 아기까치 배곯음 소리

어미 아비 다시 나선다
이번엔 고기반찬 물고 오련다

마주하는 소망

철새들 보기 부끄럽지도 않은가

피가 섞인 한줄기는 코앞에 울타리 쳐놓고
총부리를 들이대고 늠름한 기백으로 서 있다

전망대로 날리던 눈은 오돌오돌 떨며 북상하고
동공을 적신 눈물은 볼에 얼었다

철조망을 넘은 개나리는
강 건너 촌 동네 오가는 소달구지 바라보며
철부지 물오리는 잔물결 위 평화롭게 유영한다

담벼락 목련은 이제나저제나 손 꼽아 기다리다
깊은 꿈에 취했나보다

무한히 쌓인 무던함은 순백으로 만개할 것이다

학창 시절

도랑 건너 논둑 길로
기워진 책보 둘러메고

비 오는 날이면
신발 속에 물 반 흙 반
구멍 난 검정 고무신

집에 오면
발모가지는 팅팅 불어
흰 고무신으로 변했다

찢어진 비닐우산
바람에 뒤집어져 날리고
뛰는 다리보다 맘이 앞선다

등에는 땀 반 비 반 젖어
요란한 빈 변도 울림소리는
시장기를 느끼게 한다

불효자는 웁니다

생각 없이 무턱대고
깝죽거리며 날뛰던 철없던 때
이제야 조금 알아 갑니다

소중하고 귀한 어머님의
찬찬한 인도의 그 뜻을
거역함이 지금의 죄로 남았습니다

불변의 붉은 해는 동녘에서 매일
기지개 켜고
그때마다 감나무엔
까치가 찾아와 울었지요

쓴소리 달게 받아주시고
슬픔을 감추시던
어머님 얼굴엔
흔적 진 주름만 남았네요

알딸딸

그 시절 유년
그날은 연산 장날
우리 아버지 장에 다녀오시어
아직도 장터에서 다 못 드신 아쉬움인지

아들아
동내 구판장 가서 막걸리 한 병 받아오너라

나는 빈 병 하나 들고 나선다

막걸리를 받아 집으로 가는 길
호기심에 병 주둥이를 기울여 입에 부어봤다

얼씨구
몸은 무거워 처지고 덜어진 술병은 가벼워진다

집에 가기 전 흐르는 논둑 물로 표 없이 채워
가는 길은 멀고 아버지보다 먼저 취해
알딸딸

아버지 갖다 드렸더니
오늘 막걸리는 왜 이렇게 싱겁다냐

비바리 사연

나그네 구름 쉬어가는 곳

화산섬 둘레길
못다 핀 수국 몇 송이
바람에 흔들리고 비에 젖어
곱사등 하고 있다

물질하는 제주 처녀 비바리
설레는 마음 파도에 밀려 깨졌다

유채꽃 진해질 때
사랑으로 물들어진 노란 가슴
바다에 묻힌 미역은 소라는
가슴 벌렁 이는 사연이나 알까

매실의 변신

토실토실 살찐 매실은 늙기 전
양동이에 몸 담그고
목욕재계를 했다

합방 생활로 어우러져
달콤한 만찬을 머금고
어우러져 꿈꾸기를 백일 동안

몸에서는 진기가 빠지고
쭈글쭈글 주름진 몸으로 변신한다

너를 기다렸다
너의 몸에서 나온 끈끈한 진기는
혀와 뇌에 황홀함을 전하니
어이 너를 아니 기다릴 수 있겠나

질경이의 사연

농로에 납작 엎드린 질경이
잔뜩 주름져
하늘 높은 줄 모르고 살아간다

천정부지 왜 모르겠나
질경이는 땅 내음이 그냥 좋아
그렇게 엎드려 살고 있단다

흙 침대에 누워 지내니
길 가는 이 혹여 밟더라도
꺾이지 않으며 아프지 않더라

강풍이 와도 장대비가 몰아쳐도
흔들리지 않고
땅에 기대고 순응하며 살리라

향수

새벽을 열고 가로지르는
순풍을 쉬어가라 말해봅니다

산동네 퍼트리는 취나물 내음이
논둑 물꼬 보는 이
코끝을 싱그럽게 합니다

누렁이 쟁기질하던 다랑논에는
아기 벼 흙냄새 맡아 푸르고
애절한 개구리울음 눈물은
수로 타고 흐릅니다

기우는 해 따라 눈감으니
산기슭 꾀꼬리 노래도 침묵에 잠기고
너풀대던 풀잎도 이슬을 등에 업고
내일을 꿈꾸려 합니다

애상

백설을 살포시 뭉쳐 놓은듯한
순백의 찔레꽃

하얀 나비 한 마리 보일 듯 말듯
꽃잎에 입맞춤하며
토닥토닥 날갯짓하네

개울가 머리 풀어 늘어진
능수버들 가지는
훈풍에 너울춤으로 환대하네

땅거미 진 초저녁 칠성별 찾아
하늘 보니 바람에 흩어진
하얀 구름 사이 그대 모습 보이네

지긋이 눈감고
정적에 잠기니 그대는 나비 되어
나풀나풀 춤사위로 가슴에 안기네

회상

슬레이트 지붕 우물가
금빛 송홧가루 분칠한
빨간 장미는 턱 고이고
빨래하는 아낙들 수다를 엿듣는다

낡아 일그러진 두레박으로 퍼 올려
욕심으로 가득 채워진
물지게 걸머지고
한발 두발 종종걸음 한다

파도치던 물은
양동이 벽을 때리고 범람하여
점점 가벼워진다

어느 가을날
회상의 뒤안길 바라보니
흘린 물 자리에 만개한 코스모스
성숙해져 고개 숙이고 있다

양파

그녀는 허리도 없이 탱글탱글한
몸매를 지녔으며 허접한 누런 옷을 주로 입고 돌아다닌다

그녀의 옷을 한 꺼풀씩 벗길 때면 내 눈물은
뚝뚝뚝 떨어져 벌거벗은 그녀의 알몸을 뜨겁게 달군다

나는 그녀를 너무 사랑했기에 속옷까지 모두 벗겨보았다
그녀의 속은 야무지고 빈틈이 전혀 없다는 걸 알았다

그녀를 송두리째 먹으려는 이들은 많지만
그 속을 알고 진정 근엄하게 대하는 이는 나뿐일 것이다

외투를 벗기고 속살을 만져도
그녀를 책임질 수 있는 내게는
깊은 속살까지도 부끄럽지 않게 내어주기도 한다

내가 그녀를 무척 좋아하는 이유는
뽀얀 살결과 달콤하고 연한 성질을 가졌기 때문이다

나는 그녀를 너무나 사랑했기에
매일 그녀를 앞에 앉히고
향취에 매료되어 시나브로 흐르는 눈물을 닦는다

불행한 항해

간절히 바라는 이 마음이
무색하리만큼 내가 몰고 나간 어정은
멀리 가지 못하고 난관을 접하게 되었다

잠잠했던 바람은 폭풍으로 돌변해가고
강철같던 내 심장은 시간 흐름 속에
점차 쇠진해져 열병을 앓아가고 있었다

냉 먹은 볼을 세차게 때리듯
바위를 때리는 파도의 비명은
세월 속 맺힌 서러움의 곡소리처럼 들린다

묻힌 과거 속 망상에
하염없는 눈물은 두 볼을 뜨겁게 데우고
지난 시간 가슴 죄는
생생한 기억 때문에 이 심상은 처연해진다

떠나간 아미새

부둣가에 둥지가 있었던 아미새는
푸른 바다를 이탈해
대륙을 비행하다 길을 잃어 헤매고 있다

정박한 배에 그냥 있었으면
호식을 즐기며 좋았으련만
흘러간 과거를 상기한들 무슨 소용 있나

한때 폭풍이 일고
파도가 거세졌다고 가족을 버리며
자리를 박차고 떠나가면 어찌하나

그건 아미새의 비운이 아닌
불행을 자초한 못된 행위임을
파도에 부서진 포말도 다 안단다

어느 날 하늘은 노하여
작달비를 퍼붓고
큰소리로 호통치며 살모사 혀를 내둘렀다

나는 죽어서도 웃는다

나는 모랫바닥에 납작 엎드려 살았던
홍어란 이름을 가졌다

사촌인 가오리와는 수준이 다르다
사촌도 팔촌도 몰라보고
존귀한 몸값을 싸게 흥정하려 한다

우대받은 나는 목욕재계를 마치고
둥근 항아리 침실로 들어가
지푸라기 요를 깔고 여럿이 잤다

보름 후에야 나와서
얇은 갈색 가운을 벗어 버리고
한 볼의 크기로 절단되어
삼합으로 어우러진다

남은 오장은
뜨거운 냄비 속으로 들어가
붉은 애탕으로 환생 되어
사람들의 입을 반하게 한다

정적에 잠긴 나의 웃는 입을
보고 있는 이들은 실성한 듯
웃음보를 터트리고 말았다

능소화 연정

허름한 담장 옆 주홍색 손수건을 든
여인은 양철 대문을 가로막고
떠나가는 낭군님을 잡으려 애쓰는구나

연신 통곡하며 가는 길 막아본들
무슨 소용 있겠나
보내기 싫은 애절함을 달래다 그만
담장에 기대어 축 늘어져 있구나

애절한 마음은 열병으로 쇠약해
가녀린 모습으로 기다리고 기다려도
낭군님은 오지 않고
애타는 심상은 시퍼렇게 멍들어가고 있구나

비라도 오는 날이면
그 고운 손수건은 눈물로 범벅되어
땅바닥에 떨구고 짓밟혀져도
오롯이 낭군님 생각에 고혹 되어
담 너머 바라보며 마냥 기다리고 있구나

맞아 죽은 불나방

어둠 속에서 헤매다가
먼 곳의 광채에 현혹되어
드넓은 야구장을 찾았다

응원의 박수 소리에
나는 환대받는 느낌으로
그들과 어우러져
함께 응원하며 춤을 추었다

어울림의 즐거움도 잠시
응원석을 내려와
하필 그때 거기를 얼쩡거리다
타자를 향해 던진 볼에 맞아
쓰러져 정신을 잃고 말았다

구 회 말 마지막 볼에 빗맞아
내동댕이 돼 부르르 떨고 있을 때
경기장 불은 하나둘 꺼지고
내 몸도 그렇게 서서히 꺼져갔다

어떤 인생

나는 크게 자라리라
맘먹었는데 길섶에 뿌리 내려
밟히고 짓밟혀 크지 못하는
서러운 난쟁이로 살았다

고난의 길 위에서
자극을 받고 빈사의 고비를
넘기면서 자연의 섭리를
순응하며 자랐다

받은 상처를 치유하며
일어나기를 여러 차례 겪고도
강인하게 자랐기에
질긴 이름 석 자로 살고 있다

질경이란 나는 아직도
폭양 속 황폐한 대지에서
하늘을 향해 백설 꽃 피우고
고즈넉하게 영글어 가고 있다

어느 긴 여정

세상이란 큰 선물을 부여받고
걸어온 세월은 야속하게도
쏜살처럼 가버렸습니다

예정된 시간은 어김없이 다가와
앞을 가로막고 절대 비켜주지
않았습니다

만단의 고비를 넘기고 도래된 시간 되니
검은 까마귀 떼 울음보는 터져
울부짖음은 애절하기만 합니다

통곡하며 부르짖는
멘 소리는 메아리 되어
허공으로 무심히 사라졌습니다

풍진세상은 속세에 묻어지고
길 것만 같았던 여정의 길은
허무감만 남기고 흘러갔습니다

그 허수아비는 그랬다

황금파도 한가운데 서서
메마른 삭신으로 옷소매 펄럭이며
새 떼 불러 모으기에 분주하다

이슬에 취해 등가죽이 붉어져
갈지자 쓰며 날던 잠자리가
폭삭 주저앉아 자리를 차지해도
못 본 척 눈감았다

알곡 털이범 지키지 못해
소갈머리 없다고 주인에게 혼나도
꼼짝 못 하고 지내야 하는
설움은 처연하다

추적추적 비라도 내리면
눈물 반 빗물 반 범벅되어
온몸에 스며들고 온기가 돈다

퇴직 시기 도래하니
몸뚱이는 천근만근
나락 여무는 소리 들으며
또 다른 이모작을 꿈꾼다

하루에서 하루를

걱정이 천장에 매달려
비몽사몽 멍하니 뜬눈으로
동창이 밝기만 수를 세며
보내는 지루한 시간
방문 앞에는 굉음을 내며 달리는
두 바퀴 라이트 불빛은
번개처럼 사라진다

연거푸 우렁차게 들려오는
도둑 쫓는 개 소리에
침대가 들썩여 밤잠을 방해했다

어디서 어디로 가는지
어디에서 어디까지 가려는지
어둠 속 심상의 흐름 분주하고
기로는 현란하다

땅거미 속 가냘픈
닭 울음소리는 새벽을 알리고
가로등 아래 그림자 꺼지니
네온 불도 완연히 잠들고
서광이 깨어나며 하루가 시작이다

백마 탄 신랑

설렘에 마음 흔들려
숙면을 반납하고
밤새 은하수 별을 세고 세다 보니
꿈같은 새날이 나를 기다린다

우듬지에 걸렸던
휘영청 달은
놉 얻은 순풍에 떠밀려 못 이긴 채
어디론가 능글맞게 걸어간다

그새
절구질하던
토끼 두 마리는 온데간데없고
환한 빛이 밝아와
그는 최고가 되어
백마를 타고 하늘을 나는
기쁜 날이다

한산한 보문산

인산인해 광경은 아주 오래전
한적하고 고요함만 남은
오늘의 보문산이로구나

거기 지날 때면 도토리 한 잎 물고
볼 터지게 입 놀림 하던 다람쥐도
절집 찾아가 불경을 듣는 중인지 안 보인다

철모른 한 마리 나비
너울너울 부채질
갈 곳을 잃어 이리저리 방황하는구나

한적한 보문산 새벽녘 잠새들의
작은 복창 소리 들려오고
서광 모습은 보이는데
어두움은 갈 줄 모르고 얼쩡거린다

세월에 묻힌 배

어찌 잊으랴 그날을
잊힐 리야 잊히지 않는
그날 무수히 많은 꽃이
아비규환을 외치며
바닷물 속으로 잠겼다

실린 꽃들의 무게가
얼마나 무거웠기에
거기서 그렇게 기울어져
비운을 접해야 했던가

그 배에 실렸던
아름다운 꽃들은
얼마나 가벼웠기에
바람에 날리어 먼 하늘까지
쉽사리 날아갈 수가 있나

여기서 피우지 못한 꿈
그곳 은하에서 활짝 피우고
별처럼 영롱하여지거라

시망스럽다

굵은 빗줄기는 검은 구름을 할퀴고
우박 떨어지듯 장구 매질하는 소리로
밤새 그칠 줄 모른다

꼰 새끼줄처럼 연달아 쏟아지는 장대비는
흉악한 회오리와 동반하여

광풍의 지랄은 시퍼런 작두날도 집어삼키고
세상을 금방이라도 분질러 버릴 것 같은
어마 무시한 바람은 와있는 가을 매우 증오한다

세상을 어지럽히고 불안정한 이내 심상도 건드려
긴장과 초조를 불러일으켜 세운다

하늘이 그린 동서남북

뾰쪽산 꼭대기
피뢰침 마냥 서 있는 전망대와
한가로이 노니는 구름은 망망대해 물결 위에
신비로운 사방 파노라마를 펼쳐 보인다

동해에 뜬 어정 바지랑대는
괭이갈매기 간이역이 되어주고
주렁주렁 매단 집어등은
환하게 불 밝히며 정박해 쌍둥이 바위를 지킨다

바람만 잠잠히 지나는 서쪽 바다 칠흑빛 펄 위에
누군가 써놓은 애절한 연서는 철썩이는 파도가 지우고
돌아오는 밀물에 잠기어 흔적 없는 쓸쓸함을 그린다

남쪽 먼바다는 거센 바람이 불어
갈치 떼는 파도에 흔들려 멀미하고
깨어지는 하얀 포말은 물질하는 해녀의 심상을 건드린다

한 치 앞 북녘땅은 아직도 잊지 못한 녹슨 철길 위에
떨어진 눈물의 흔적만 두껍게 남아 녹슬어 있다

뼈대 있는 멸치

우리는 일명 뼈대 있는
가문의 자손이라 하는데
몸뚱어리가 아주 작다

고기도 못 먹고 채소도 못 먹고
가리는 게 많아서 허약체질이다

한 입 거리에 딱 좋으니
우리를 탐하는 큰놈들이
마구 덮치려 해 눈만 뜨면
도망 다니는 게 일상이다

우리 일가들은
남해 근교에서 집단생활을 하다가
그물에 모조리 걸려들어
땡볕에 전신을 바싹 말려진 후
종이 상자 속으로 입관하게 되고
그렇게 생은 마감되었다

할머니와 어머니의 기도

달력이 흔치 않았던 시절
나는 달력을 보지 않아도
보름날을 잘 알 수 있었다

할머니는 둥근 달이 뜨면
장꽝에 떡 한 시루와
물 한 사발 올리고 빌고 빌었다

주문 외우듯 중얼중얼
작은 소리로 하늘을 보고
곡진히 두 손 모아 빌고 빌었다

둥근 달이 뜰 적마다
눈비가 몰아쳐도
때 한번 놓치지 않고 빌고 빌었다

오랫동안 그랬던 할머니는
빌고 빌며 보았던 그곳
먼길로 가셨다

그 후 어머니도 할머니와 똑같이
같은 날 같은 자리에서
무릎이 닳도록
허리가 휘어지도록
넙죽넙죽 큰절을 했다

위에는 아무도 없는데
무슨 큰 잘못이라도 있는 것처럼
손바닥 지문이 닳도록
하늘을 보고 빌고 빌었다

할머니는 왜 그랬을까
어머니는 왜 그랬을까

차츰 나이를 먹어 가면서
느지막이 깨닫게 되었다

고즈넉한 산사

고촉사 돌담 한 귀퉁이 화단
솔바람에 흔들리는 여린 꽃잎들은
아스라이 곡예하고 있구나

메밀잠자리
부러진 맥문동 허리에 앉아 낮잠을 즐기다
떨어진 밤송이에 빗맞아
기겁을 하고 미친 듯이 도망치는구나

상수리 빈 쭉정이 거미줄에 그네 타고
발라진 똥이 상수리는
웅덩이 황토 방에 누워 잉태하고
뽀얀 씨방은 눈을 뜨기 시작하는구나

물들어진 아기단풍은 내년을 기약하고
마른 조막손 흔들고 안녕하더니
바람결 몸부림은 가엽구나

갈치의 일대기

나는 은빛 분장을 하고
바다를 누비며 고래를 춤추게 한다

날씬하고 호리호리하며 키가 크고
톱날 같은 이빨에 송곳 같은 입을 지녔다

끝까지 내 속을 감추고만 싶었는데
어부는 나의 속을 파헤치고
소금에 버무려 속젓으로 만들었다

보드라운 살결은
노릇노릇 한 구이가 되기도 하고
조화로운 양념과 냄비 속에 어우러져
반찬으로 환생 되기도 하였다

사과의 일생

갓난아이는
푸른 잎새 뒤에 몸을 숨기고
한 가닥 끈을 잡고 매달려
온갖 힘을 쓰다 보니
혈압이 올라 붉어져 갔다

어릴 적부터
공중그네를 타면서
어릿광대 생활을 하게 되었고
커가면서 점점 진한 분장을 하며
실하게 커갔다

훗날 빨간 분장 예쁜 모습 그대로
꽃가마에 나붓이 앉아
시집을 가게 되었다

시집가는 날 밤
한 꺼풀 옷을 벗게 되고
흰 속살과 달콤함을 선사하는
첫날밤이 되었다

담쟁이

저 벽은 내가 반듯이
넘어야 할 높은 벽이다

그 누구는 그랬다
절대 오를 수 없을 거라며
혀를 내둘렀다

내가 가는 길은
거칠고 모진 길이다

험난한 길 더듬더듬
서두르지 않고 묵묵히 오른다

맨손으로 가족 이끌고
끈기 하나로 지조 있게 오른다

어우렁더우렁
온 힘을 다해
벽을 잡고 강인하게 오른다

찬 서리 맞으면
마른 핏줄만 처연하게 남게 되는
고초가 될 텐데

애잔한 그리움

억겁의 그 날은 달도 별도
곤히 잠들어 있었습니다

이슥한 밤 둥지로 가던 작은 새는
낯선 검은 손에 의해
힘없이 쓰러져 길을 잃었습니다

그 새는 간직했던 꿈도 날개도
펴지 못하고 풀 비린내 나는 곳에서
만신창이가 된 체 세상과 이별했습니다

꺾어진 영혼은
어미 아비가 그리워 귀천에서 맴돌고
구슬픈 풀벌레 울음소리는
하늘 언저리에서 애도를 함께합니다

사계는 수십 바퀴 돌고 돌았는데
어미 아비 육신은 아직도 피가 끓어
시퍼런 멍 주머니가 아직도 아픔을 줍니다

멀리서 울고 있는 영혼이여
아직 둥지를 지키는 어미 아비여
암흑 속 방황은 그만 이젠 편한 쉼 하십시오

작은 수영장

고소한 집 된장 맛에 반해
잔칫집 마냥 바글바글 떼 지어
주변을 얼쩡거리다가
어항에 걸려든 물고기
양동이에 옮겨 놓으니
똥그란 눈으로 바라보고
알 수 없는 말을 자꾸 지껄인다

작은놈은 놔주고
큰놈들 버들치 열댓 마리
피라미 한 이십 마리
한 냄비 꺼리는 충분하다

수돗물로 샤워를 마치고
냄비 속에서 수영을 즐기는 녀석들
반 국자 고추장 풀어진 적조 속에서
팔팔하게 자유형 물장구를 치고 있다

끓는 수증기는 냄비 뚜껑을 밀치고
틈새로 빼꼼히 보이는 녀석들은
아직도 한창 수영 중이다

어색한 상봉

거울 속 사내는
어깨가 축 늘어져
넋 나간 듯이 한참을 바라본다

세상 짐을 다 지고 있는 사람처럼
얼굴엔 근심이 가득하고
동공엔 슬픔만 가득 차 있다

나는 거울 속 사내와
넘치는 고배 잔을 연거푸 비우면서
시끄러운 미궁의 뉴스에 빠져드는 동안
슬그머니 암울함은 사라지고
무덤덤해진 그 사내는
이젠 절망하지 않으련다
애수를 달래며
피식
한번 웃고 거울을 등지며
혼잣말을 한다
아~
그래도 나는 강한 사내다

어느 노파의 간절한 심상

굽어진 허리 삐걱거리는 다리로
공양미 괴나리봇짐 등에 업고
가파른 계단을 오르는 노파 얼굴엔
비 젖은 듯 땀이 줄줄 흐릅니다

돌계단을 달리던 바람은 야속하게
외딴곳으로 휭하니 가버렸습니다

소원을 빌고 빌다 보니
뉘엿뉘엿 석양은 산등성이에 걸리고
그림자 길어지니 아쉬운 듯 그만
부엉이 울음 타고 발길 돌립니다

오매불망 자식 걱정에
뼈가 휘어져도 살점이 패여도
지극정성 다하는 사연 깊은
노파의 발자국은 언제쯤 지워질까

오다가 들킨 겨울

긴 여정의 길을 걸어온 사계는
만산을 색동 옷으로 갈아입히고
낙엽의 이름으로 떨구어낸다

절간 구석에 자리한
옷 벗은 감나무 정수리에
까만 외투 차림의 청설모는 날뛰고
부러지기 싫은 가지는 쪼그려뛰기 한다

서둘러 오려던 겨울은
상모 돌리며 터 지키고 있는
허수아비에게 들켜 멈칫하고 있다

하얀 옷 입고 서둘러 나선 길
선뜻 다가서지 못하고
넘어 고랭지에 서릿발 되어
아직 겨울은 거기서 대기 중이다

가을의 변신은 무죄

소임을 마무리하고 저무는 해는
서산 허리에 꼬리 잡혀
쪽빛 하늘 여백을
물들이는 화백이 되어있다

창공을 가로지르는 서풍은
구름 그림자 달리게 하고
핏기도 전혀 없이 바싹 말라 몸 맞대고
서걱거리는 하천가 갈대는
머리 풀어 절레절레 흔들고 있다

무서리 맞아
잎 떨군 참나무 우듬지에
오물오물 오찬을 하는
줄무늬 외투 차림의 다람쥐들은
만산을 왕래하며
가을걷이에 분주하다

국화 향기 풍요로울 때
석양 노을에 비친 홍시는
용광로 쇳물처럼 흐드러지게 익어
떨어질세라 가지를 꼭 붙들고 있다

뜻있는 죽음

가뭄의 목마름도
홍수에 침수가 돼도
꼿꼿이 한자리를 지키며
살아온 어언 반년은 고난의 길이었다

우글쭈글 주름진 피부로
새끼줄에 몸통이 묶여 바짝 오그리고
일렬로 쭉 나란히 보초 서 있다

푸르던 홑 두루마기는
어느새 누렇게 낡아
허접스럽고 가벼운 미풍에도
맥 빠진 듯이 나풀댄다

어느 날 그들은 칼침 맞고 쓰러져
고무통 속에서 동침하였고
한밤 자고 깨어보니 푸르던 청춘은
되돌릴 수 없이 숨 죽어있다

노란 속살이 매력인 그 들은
온갖 양념에 버무려져
아름다운 주검으로 변해
김치라는 이름으로 환생 되었다

세상에 이런 일이

세상에 기적의 일이 일어났다
네쌍둥이만 열두 가족이 탄생하여
한 지붕 아래 비좁은 학고방에서
옹색하게 집단생활을 한다

가끔 나들이 나온 즐거움도 잠시
딱딱한 마당에서 가족 간 투쟁이 벌어져
때리고 맞고 울긋불긋 핏자국 시커먼 멍 자국
싸움이 끝나는 대로 줄 서 벌 받고 있다

상처를 입고도 아무렇지 않은 듯 다시 어우러져
객들을 순간순간 울리고 웃기다가
게임이 종료되면 모조리 한 방으로 들어가
곤히 잠든 동양화는 광대 같은 존재다

광풍의 심술

광풍은 덥석 달려들어
만취된 상사화 머리채를 흔들어
갈기갈기 찢어버린다

짓궂은 욕정이 발산해
못마땅한 기세로
찝쩍대며 질퍽한 심술도 부린다

먹먹한 가슴 찢어대며
매일 밤 지르는 절규에
고요한 적막을 깬다

상사화 익어가는 가을은
광풍의 심상인 듯
고독을 달래는 방랑인이 된다

소임을 다한 허수아비

희로애락의 감정도 모른 채
표정도 변함없이 불만도 말 못 하고
연장 근무 중인 고달픈 그대

깨끗한 옷 한 벌 얻어 입지 못한 채
누더기 걸치고 소갈머리 없다고
벗도 없이 참새도 풀벌레마저
깔보는 슬픈 신세

지켜준 그대의 노고를 아는지
탈곡 전 곡식들은
꾸벅꾸벅 절하고 퇴장한다

농심은 그대가 미워서가 아니고
주인장 나름대로 짬이 없어 그런 게지
고즈넉한 배려로 평화로운 들녘 구경하며
좀 더 편히 쉬었다 가시게

안개비

윗동네 개 소리는 날마다 왜 이렇게 시끄럽냐
요놈의 귓구멍은 어째서 먹지도 않는다냐
멀쩡한 당신 귀를 탓하시던 어머니
아랫동네는 건물들이 곪아 터져 녹슨 탁자들만 자리 잡고
그들을 믿고 도장을 내준 주인장들은 돌림병에 앓아눕고
널브러진 건달들은 거리에 주저앉아
새끼들 입에 거미줄 치는 줄 모르고 있다
정떨어지는 세상 이 꼴 저 꼴 보기 싫다며
산속 가서 살고 싶다고 입 버릇하시더니
오늘 저녁상은 시저도 놓지 않고
멀덕국 반 대접 허겁지겁 단숨에 들이키고 서둘러 누우신다
어제도 허기진 채 쪼그리고
밭 모종에 매우 노곤하셨는지 아직 못 일어나신다
연초록 꿰매 엮은 얇은 누더기 홑이불
푹 덮고 곤히 누우신 어머님 방해될까
말도 못 붙이고 꾸벅꾸벅 절만 하고 뒷걸음질한다
생전에 늘 자식 걱정하시더니
오늘은 안개비 되어 강 건너까지 오시어
나를 물끄러미 지켜보다
내 몸을 끌어안고 토닥이며 걱정하지 말라 하시며
촉촉이 흘리신 눈물로 마른 내 속까지 흠뻑 적셔주시고
손을 저으시며 슬그머니 사라지신다

84

할머니와 청국장

할머니는 안방 따끈한 자리를 양보해
그것을 신줏단지 모시듯
아랫목에 극진히 자리를 내주고
솜이불을 겹겹이 덮어주고 춥지 않나
과한 대우를 하며 정성으로 보살핀다

그러던 며칠 만에 깨어난 청국장은
능글능글 대며 나와 못 이기는 척
아궁이 속 투가리에 첨벙 뛰어들더니
한참 후 뜨거워 몸부림을 치며
눈물을 질질 흘린다

조리할 때 별난 양념도 하지 않고
묵은김치 몇 가닥만 넣었을 뿐인데
할머니가 뚝딱 끓여낸 청국장은 별미였다

난 어릴 적부터 고유의
특이한 냄새에 익숙해 있었고
정겨운 그 맛에 반해
쌀쌀한 날이면 줄곧 구미가 당겨
커서도 즐겨 먹게 된다

지금도 대기 중인 청국장 덩어리는
뜨거운 투가리 속이 겁나
냉장고 검정 비닐 속에 숨어 떨고 있다

입동 날 가을 들판

다랭이 밭 촘촘히 박아놓은
낱알 하나하나는 간신히 비집고 나와
봄부터 모진 풍파 견디고
땅 냄새 맡으며 새끼도 치고
열심히 잘 살아왔는데
주인장은 그 열매를 아기 때부터
좋아하더니 늙어질 때까지
몽땅 털어가고
몇 가닥 남은 이파리마저도 데친 듯
무서리 맞은 호박 넝쿨은
맥 빠져 축 처져 있다

굴곡진 논이랑에
허리춤이 꽁꽁 묶인 배추는
초라해져 서 있고
뽀얀 하반신을 감추고
서릿발 맞아 떨고 있는
무는 주인장 따스한 손길을
애타게 기다리고 있다

입동 날 되자마자
선 듯 오기가 민망했는지
무서리로 경고만 하고
겨울은 재 너머에 머뭇거린다

고독

굽이쳐 흐르던 실개천은 구멍이 났는지
돌멩이들은 건조증에 비비적거린다

고슴도치 등 같은 밤송이는 내장을 비우고
비탈길에 엎드린 갈잎에 침을 준다

상수리나무 밑가지는 삭정이 되어 썩어지고
아랫도리는 뭇매를 맞아
사방에 멍 자국이 남아 퉁퉁 부었다

외딴집 담벼락에 기댄 곱사등 모과나무는
열매 하나 거머쥔 가난한 손으로
칼바람을 맞아야만 하는 피치 못할 사정

가을은 곱게 물들어지는데
어찌 나그네 마음은 우중충 젖어지는가

수능

어제는 해도 지쳤나 일찍 잠들었다
달도 실눈으로 조용히 이동하는 밤이었다
고요를 베려 하는 별들도 아무 말이 없었다

아침은 일찍 열리고 냉기가 돌기 시작했다
때마다 온 한파는 몸도 마음도 차갑게 했다
언 가슴은 하루를 떨게 했고 긴장이 연속이었다

책상 사이를 선회하는 골목대장은 무섭기만 했다
얼음장같이 시린 고요함이 교실 가득 메웠다
천진난만했던 깔깔이 웃음소리도 들을 수 없었다
침묵이 흐르고 흐르는 냉정한 순간순간이다

그 시간 기차 굴뚝은 싸늘히 식어 고드름이 맺히고
레일도 두 다리 뻗고 숨 고르기하고 있다
하늘을 날던 잠자리도 날개를 접고 활주로에 한숨 잔다

매듭을 수월하게 잘 풀고 척척 잘 찍어야 한다
살얼음판 같아 돌다리 건너듯 했어도 아쉬움은 남는다
이것이 가슴을 도려내듯 후벼 판다

갈대

수상 발레를 하는 물안개 미묘에 푹 빠져
아예 강가에 터 잡고
집성촌을 이룬 일가친지들은
유희를 즐기며 청춘을 보낸다

호시절도 한철 텅 빈 삭신은 금세 노쇠해져
닥쳐오는 삭풍을 이겨내지 못하고
허리가 휘어 머리를 처박고 분해한다

부러지고 꺾여 반신불수가 되고
신경마비가 된 이웃들은 아비규환인데
아무렇지 않은 듯 군무를 즐기며
유유히 기웃거리는 못된 자들도 있다

그들도 늙어질 테고 구부러지면
다시 일어서지 못하고
그 자리서 백발은 탈모 되어
그대로 굽어진 채 생을 마감할 것이다

면접장

꿈틀거리는 몸통은 복도에 똬리를 틀고
빠져나간 꼬리 끝은 보이지 않았다

시끌벅적한 소리는
살아남을 수 없을 것 같은 분위기였다

좁은 문 안으로 한 사람씩 빨려 들어가고
그 안에는 색안경을 쓴 몇 사람이 힐끗힐끗 보고
몇 마디씩 묻고는 점을 친다

그들의 손에 잡힌 가는 붓은 백지에 가득
숫자와 도형들을 그리고 여백이 채워진다

그중 반짝이는 별들만 달콤한 미소를 먹게 되고
남은 도형들은 쓴 고비를 맛보게 되는
희비가 엇갈리는 마당이었다

쓴맛 단맛

세상에 아프지 않은 사람 없더라
내색 안 하고 인내하는 정도의 차이일 뿐
우리는 모두 환자인 셈이다

몸이 성하면 마음이 아프고
마음이 온전하면 몸이 고장나
아픔을 당하고 있는 환자들이다

아파 보지 않고 그 아픔을 알 수 있겠나
삶이 평탄하고 순조롭기만 하다면
아픔의 고통도 행복의 맛도 모를 것이다

파도 없는 순탄한 인생은 없었을 것이다
파도 가운데 있으면서
그걸 잊은 채 살아가고 있을 뿐이다

견딜 수 있는 만큼의 고통도
실성하지 않을 정도의 웃음도
주는 대로 받고 사는 것이 아닌가 한다

연산댁

대전에는 대전집만 있는 건 아니다
연산에도 대전집이 있을 수 있는 거다
대전에는 연산 집이 있다
그 간판이 낯설지 않고 선뜻 정이 가는 집이다
그곳 가게 주인이 연산댁이라 그렇게 지었단다
나도 고향이 연산이라 그 집을 저녁때마다 가다 보니
단골이 되었고 애환도 함께하고 많은 소통을 한다
주인아주머니와 나는 가까운 사이로 지냈다
어쩌다 바쁘기라도 하면 적잖게 도와 드리기도 한다
때 되면 반찬도 이것저것 차리지 않고
있는 대로 대충 내놓고 밥도 같이 먹는다
밥값은 한 달에 한 번 서운치 않게 알아서 챙겨 드린다
하지만 그분은 과하다 하시며 반은 다시 돌려주신다
맛도 있고 양도 푸짐하고 친절하셔서
입소문이 퍼지고 단골손님이 많이 늘어 몸은 힘들어도
돈 버는 재미로 그렇게 십수년간 골병들도록 일만 하시더니
많이 쉬지 못하고 하얀 침대에 누워 천장만 멀뚱멀뚱 바라보다가
그만 못 일어나시고 하늘길 찾아 가신지 오늘이
일천삼백구십오일 째 날이다
일 욕심이 많았던 연산 집 아주머니는 여기서 못다 만든 칼국수
거기 가서서도 홍두깨질하고 계신 건 아니겠지요
여기서 많이 하셨으니 거기서는 편한 쉼 하시기를 간절히 바랍니다
어머님

멀어져간 사랑

널 사랑한 이후로 나는 야누스로 변했다
너를 사랑했을 뿐이고 입맞춤만 했을 뿐인데
잠잠하던 영혼은 너스레를 떨기 시작한다
천당과 지옥을 거듭 왕복하며
가슴 한 귀퉁이에 묻어놨던 주머니가 터지고
그것들이 나를 서슴없이 흔들어 댄다
곧은 다리를 뒤틀리게 하고
공중부양을 한 심상은 들떠 유랑을 하고
넉살은 발광해 내가 아닌 나를 만든다
입에선 말도 안 되는 소리를 만들어 씨불이며
행동은 주저 없이 난폭해지고
저질적인 나답지 않은 모습이 노출된다
진솔하던 상념은 엉켜버려
나는 의지와 달리 과격해진다
이렇게 될 거라면 애초 너를 좋아하지 않았을 거다
나를 이렇게 만든 죄로 너와 나는 이제부터 이별이다
지조 없이 너에게로 접근 하지 않을 것이다
앞으로 너를 두 번 다시 사랑하지 않으련다
꼴 보기 싫다 네가 내 옆에 있는 것조차도 역겹다
네가 아무리 유혹해도 나는 굳은 의지로
절대 현혹되지 않으리라 맹세했다

술아 그동안 미웠다

농부 학생

아끼던 책가방은 너덜너덜 상처투성이가 됐어도
연필 한 자루 공책 한 권이라도
새로 사 주면 그날은 기분이 째지는 날이다

엔간히 부지런 떨어서는 먹고 살기 어렵던 시절
공부하는 시간보다 일하는 시간이 많았고
방과 후 농사일을 우선시했으며 학생이 아닌 농부로 커왔다

숙제는 뒷전이고 소 깔 베고 나무하러 다니는 게 일상이었다
저녁이면 녹초가 돼 숙제고 뭐고 다음날 시간표도 볼 새 없이
어제 가방 그대로 들고 터벅터벅 학교로 갔던 농부 학생

숙제를 못 해가 선생님께 매를 얻어맞고 기합받을 때가 많았고
책을 못 챙겨가 옆 짝꿍과 함께 일이 삼사 기역니은 도레미파
따라 했던 시절이 엊그제 같은데 기억을 더듬어보니 가물가물하다

어린 나이임에도 만사가 귀찮다는 말을 많이 써왔고
과거를 훑어보니 비호같이 지난날 내 나이 이순이 코앞에서 기다린다
하지만 세월을 원망하지 않고 나를 잘 여물게 한 세상에 감사한다

배추

여린 나는 누군가의 발소리를 먹고 자랐다
나이가 들면서 속은 꽉 찼지만 차츰 주름이 늘었다
하지만 세월 앞에서는 어쩔 수 없는 일이지

그저 허공만 물끄러미 바라보며
맹목적으로 살았던 것만은 아니었다
내가 희생됨으로 그들에게는 고마운 존재로 남는다

이제 나도 고향 떠날 채비를 하고 길을 나섰다
낯선 집에 도착해 한참을 머뭇거리다가
짭조름한 탕에 들어가 숨죽이고 동침을 했다

새벽 일찍 일어나 목욕재계를 마치고
붉은 양념과 한 몸 되는 순간 매운맛을 봤고
쓰라림도 경험하며 또 다른 성숙함으로 익어갔다

인간사 새옹지마

가난은 죄가 아닌데 고개를 들지 못하고 살았다
가난했기에 인내와 막강이 싸우고 버텨야 했다
장남인 나는 유년부터 온갖 고뇌를 거듭 겪으며 열심히 살았다
노력은 성공의 어머니라고 했듯 여유도 생길 만큼 옹색하진 않았다

적당히 써야 돈도 그만큼 들어온단 말도 있듯
친구들 만나면 술값 계산은 매번 내 몫이고 그래야 떳떳했다
모임에 찬조도 과감히 할 줄 알고 좀생이처럼 살진 않았다

그렇지만 유년의 아픔이 아직도 존재하고 있는지라
습관화된 고정관념을 못 버리고 자신도 모르게 그럴 때가 있다
쇼핑할 때는 저렴한 쪽으로 시선이 먼저 가고
식자자리에서도 메뉴 결정을 선뜻 못 하고 갈등을 할 때도 있었다

순간 쪼잔 해지는 것은 과거에 물들어진 가난의 아픔 때문일 것이다
지금은 그럭저럭 지내며 말라가는 통장을 가끔 만져볼 때마다 걱정도 된다만
쓰다가 잔돈푼이라도 남으면 누가 봇짐에 챙겨 줄 것도 아닐 건데 하면서
꼭 그렇지만은 아닌 것 같은 욕심이 잔존해 있다

본래부터 내 것이 아니었던 것 너무 채우려 하지 마라
고귀하지만 인간사 새옹지마가 아니던가
가볍게 다 내려놓고 고장난 심신이나 달래고 고치면서
보리쌀 팔아서 작명해준 석 자 이름만큼 값어치 있게 살고자 한다

레일위 머슴

전신은 먹칠이 되어 촌스럽게 생겼지만
다른 사내들과 달리 일은 곱절 잘하게 생겼다

밥을 먹이고 잠시 쉬었다 일 좀 시킬라치면
버럭 고함을 지르고 꼼지락거리며 움직인다

우락부락 한 사내는 열받아 뚜껑을 열며
거품을 물고 씩씩거리면서 불만 가득하다

버겁게 몰아쉬는 숨소리는 먼 곳까지 들리고
바로 각혈을 토할 듯한 소리는 점점 커진다

그 사내는 무거운 몸을 이끌고 확고부동하게
거드름 떨며 지칠 줄 모르고 오랫동안 질주했다

전국을 바쁘게 뛰어다니던 그 사내 발소리
들어본 지 오래고 족보와 몸체는 박물로 남았다

바다 노예

뼈 시리게 볼때기 맞아가며 부림 당하고
늙어진 노예는 포승줄에 묶여 구속된 체
감옥 콘크리트 벽에 코를 짓 찌어대며 몸서리친다

부리는 대로 종처럼 충성을 다 하고도
큰 잘못을 저지른 죄인처럼
구정물에 잠겨 물고문을 당하면서 연신 큰절한다

느슨한 동아줄을 풀고 탈출을 하려 했지만
코앞에는 넘어야 할 높은 담도 있어 고민하다가
복받치는 억울함에 충격을 가하는 자해를 한다

그 동네서 늙어진 노예는 나이도 들었고
박차고 나간다 해도 머물 만한 거처가 적절치 않아
고향 같은 그곳 있던 데서 그냥 지내기로 단념했다

그의 신체 건강을 훤히 잘 알고 있는 그 주인은
예전처럼 막 부려먹지는 않았지만 차츰 나이가 들어가며
여러 차례 큰 수술을 받았고 결국 운명을 달리한 노예는
바다를 등지고 뭍으로 나와 쓸만한 장기는 기증하고 갔다

일벌

허름한 어느 초가 오두막집에 살던 일벌은
설한에도 꽃이 피어있기를 바라는 마음이었다

가다 오다 추락할지라도 꽃만 있다면 어디든 찾아
가뭇한 한 조각을 찾기 위해 먼 곳까지 비행하고
미명의 시간에서 일몰이 꺼질 때까지 하루는 짧았다

어둑한 새벽이슬이 날개를 무겁게 적셔도
태양이 작열해도 타지 않을 정도로 높게 날아 멀리 봤고
없는 길 만들어가면서 폭풍도 제치고 무한히 날았다

이슬이나 퍼먹고 그늘에서 쉬엄쉬엄 노래 부르며
여유를 즐기다 짧은 생을 마감하는 그들과 다르게
고난의 환경 속에 서도 부지런 떨며 막노동을 했다

지평선에 안착한 어느 날 맥없이 날기 시작하여
춘궁기가 와도 강인하게 감내하며 살았던 일벌은
화단에 묻히고 마른 영혼은 증발했다

빈집

기울어진 흙벽돌 집 마당엔 잡초들이 쓰러져
검불의 이름으로 잠들어 있다

녹슨 양철 문 새로 들어간 바람은
마루에 쌓인 먼지를 훔쳐주고 둘러 나온다

채 닫지 않은 송판때기 부엌 문은 활짝 열고
내면을 훤히 보여준다

그을린 살강엔
주인 잃은 이빨 빠진 사발은 엎드려 기도 중이다

속을 시커멓게 태우고 솥단지를 잃은 아궁이는
한 줌의 재만 입에 물고 온기 없는 안방 아랫목은
떠돌이 생활하던 고양이 숙소로 남았다

멋 부린 가을은 나목으로 변모해도
우리의 시간은 흔적으로 고스란히 남는다

세월의 아픔

휘어진 청산 중턱 바윗돌을 비집고 발 뻗은 소나무
이고 지고 굽은 마디마디는 척박한 고뇌의 흔적으로 남았다

매몰찬 바람은 머리채 흔들어 갈기갈기 찢어놨고
창날이 할퀸 듯 찢어진 검은 피부는 인고의 삶을 보여준다

애당초 장애로 태어난 건 아닐진대 뒤틀려
바윗돌에 박힌 존재의 애절함은 까칠한 세월의 장난질이다

주변 것들은 난관의 고통을 보고 비열한 웃음을 담화한다

하지만

석양빛 붉은 노을은 곁에서 시린 뼈를 녹여주고
산 능선에 오르던 초승달도 안타까운 듯 못 오르고 서성인다

지치고 고된 연륜의 여백 가지가지 채우며
허리 굽히고 묵언하며 짧은 여생 순응하며 살고자 한다

폐가

불그스름한 살점은 떨어져 나가고
성형 흔적이 그대로 남아 집주인의 혼이 붙어있다

군데군데 뼈가 부러져
이식 수술받은 흉터도 한 시대의 아픔을 보여준다

아직도 부뚜막에 앉아서 주인을 기다리는 솥단지는
그 시절 한때 흘린 눈물 자국도 남아있다

시멘트 굴뚝 허리를 잡아주던 철삿줄도
녹 자국만 남기고 서까래에 걸쳐 축 늘어져 있다

안방 귀퉁이엔 알 수 없는 잡초들이 주인행세하고
천장 도배지 속에는 쥐들의 운동장이 됐다

까맣게 속태운 아궁이는
얼마나 굶었는지 입을 짝 벌리고 허한 속을 보여준다

나무청 구석에 남긴 한 다발의 베려는 누구를 위함인지
마루에 쌓인 먼지는 주인 떠난 시간을 헤아려준다

국수

늘씬하게 쭉 빠진 몸으로 탄생했다
흐느적이던 몸은 말라가며 꼿꼿하게 굳었다
비닐하우스 안에서 어우러져 지내다가
포말을 일며 끓어오르는 열탕으로 투하되고
온기를 느끼면서 건조해진 몸을 불리며 요동치다
찬물에 풍덩 빠져들어 냉수마찰을 하고
야들야들한 덩어리로 합체된다
온탕에서 냉탕으로 드나들며 쫀득해진
뽀얀 신체는 진하게 우려진 노란 국물에 말아져
시장기를 느끼던 뇌를 달래고 정체성을 잃었다

성공

저 새는 날개를 펼 수 없을 거라며 속닥거린다
날지도 못할 거라고 손가락질하며 비아냥조로 대한다
있는 그대로 주워 먹고 사는 하찮은 존재로 취급한다
다들 그런다
수작 부리듯이 허황한 말을 쉽게 내던지고
한량 하게 분산되고 새만 남았다
맨발이어도 괜찮다
눈이 쌓여도 작은 부리로 눈을 헤집고 먹이를 찾는다
백설의 시원함은 목마름을 달래는 오아시스로 한몫했다
멀리 날지 못해도 근면한 진정성을 다할 줄 안다
가두리 안에서 끝에서 끝까지 날아야 할 몸짓은 계속되고
불가능 이란 관념은 접고 의식을 시도한다
했다
결국 해냈다
그 끝은 그들만 알고 있는 깊이 있는 것이다
부단히 퍼덕이던 날갯짓은 꿈을 이룬 최후의 성과다
그 새의 알람은 새벽을 알리게 되고 높은 벼슬을 달았다

향수 냄새

돌담 안 마당 넓은 집 기왓장 위엔 와송 농장 한 마지기
처마 끝엔 설익은 고드름 무겁게 매달고 눈물 흘린다

남새밭 감나무 차갑게 식은 굴뚝에 기대어
질퍽하게 농익은 까치밥 붙들고 바들바들 떨고 있다

툇마루엔 흙먼지 앉은 불알 전구 하나가 그네를 뛰고
홀딱 벗은 둥시 줄줄이 목매달고 반건시로 죽어간다

까마귀 곡소리 온 동네 울려 퍼질 때
누렁이 허기진 울음은 허공으로 사라지고 고요만 남는다

일몰은 바다로 빠져 식어가는데
장에 간 주인님 기다리는 꿀꿀이 멍멍이 위 주름은 늘어난다

홍시

돌담에 기대고 가난한 손에 쥐어진
농익은 둥이
하늘을 우러러 서슴없이 내면 그대로 고백한다

지구의 구석에 매달려
무색의 틈을 파고 여백을 메꾼 유색의 달관

해는 여지없이 빈칸을 채우며 계절과 환송하고
그 공간에 물렁한 결실

아롱진 상흔은 허공을 흔들고
매끈한 볼에 거뭇거뭇함은 성장의 기복이다

까치의 오아시스가 되어 조각난 비운은
붉은 핏물로 흐르고 유색으로의 마지막 흔적이다

석류

빈 가지에 걸쳐 우는 바람은
울타리를 의지하고 매단 수혈 주머니의
긴장을 달래기 위함이다

하늘에서 주는 금빛 머금으며
둥글게 몸을 불리고 무르익은 둥이는
잉태의 성스러움이다

간극 없이 채운 조각 루비에
질퍽한 혈액을 품음은 수혈을 예비함이다

거머쥔 주먹 손상된 인대의 고통을 달래려
거미는 구겨진 줄 엮어
고정해주려 동여매는 연장 작업을 한다

두꺼운 가죽에 보이지 않는 혈은 채워지고
가난한 손에 호젓이 쥐어진 핏물 한 덩이

기일

대문 앞에서 인기척 하신 듯하시더니
안방 병풍 앞에 파리한 옛 모습 그대로 앉으셔서
웃고 계셨습니다

시저 하나 건들지 않으시고 진수성찬 보기만 해도
흡족하다 하시며
맹물에 말아진 밥 한술도 마저 못 뜨시고 급히 떠나신다

넋 놓고 지켜본 쌍 촛대도 뜨거운 눈물을 막지 못하고
왈칵왈칵 토해내고 말았습니다

님 떠나신 자리 생전의 향취가 방안 가득 자리를 메우고
그윽이 남아 있습니다

오실 적 하늘에 선연하게 찍으신 금빛 흔적 지워지면
가실 때 헤맬까 서둘러 나선길 차츰 미명이 밝아 옵니다

거미줄

보이지 않는 멍석을 그들의 길목에 펴놓고
강태공 심정으로 세월을 낚는다

안 보인다고 없는 것은 아닐진대
눈먼 놈들을 잡아들여 오찬을 즐기기 위함

운 없이 잡힌 놈들은 환상의 진수성찬이고
두고두고 일용할 양식으로 쓰인다

벌건 대낮에 심기 발동한 말벌은
그물을 할퀴려 대포알 같이 쳐들어갔다

예상외 몸은 점점 옥죄고 맥도 잡히지 않는다

허물 벗은 상수리 쭉정이는
말벌의 사체를 옆에 두고도
아무 상관 없다는 듯 고무줄놀이에 여념이 없다

주막거리

허름한 판자때기 반질거리는 문지방 안엔
하세월에 묵어진 무상함이 꿈틀거린다

멍든 양은 주전자에 담긴 묵은 인고를 덜어
한 양재기 고봉 버무려 마시고 토하는 요설

남루한 차림으로 땅뙈기만 호비작 거리며 견딘
질퍽한 소나기 인생 넋두리 곡절은 왁자지껄

소싯적 피고개 배곯음에도 허기가 왔다 간 줄 모르고
굵직한 세파에도 뜸직이 밟았던 숙명의 비통

가난이 뱉어놓은 곰삭은 이력의 잔상이
벌건 딸기코를 만들었고 하루를 갈무리한다

성을 쌓다

탄생의 힘은 거기서 유일무이로 시작되었다
동작하는 우리는 모두 그것으로부터 최초였다

타자 들은 그것을 비유해 많은 비어도 했지만
성스러운 부속물이기에 회치하고 말았다

선혈을 가득 담아 인연과 생명을 배분하던
도량함도 이순 되니 천치마냥 수그린 미물이 된다

언저리 구석에 기력을 잃고 암울해 있는 걸 보니
세월이 먹어버린 나이 움츠러듦이 극히 정상이다

소싯적에는 우수한 기능성에 당당하고 대범했는데
늦깎이 어떠한 자극에도 별 반응이 없고 불량해진다

이제야 그에 대한 소중함을 비로소 깨닫고 있다
이젠 노폐물 배출하는 배관의 역할로 만족한다

새해 마중

무량한 시간은 당연히 기다려 주지 않았고
머물지 않는 시간은 무수히 흘렀다

많은 이들이 있어 매질하는 걸까
매 맞는 꼴을 보려 모여든 구경꾼인가

헤아릴 수 없는 관중을 광장에 모이게 하고
면전에서 아름드리로 옹골지게 두들겨 팬다

울음소리는 사방을 쓰다듬으며 원단을 맞는
희망으로의 반전은 웅장하게 울려 퍼진다

속내를 흔들어 놓고 허망하게 떠나려는 십이 고개
뼈 찔린 듯 절통한 울음과 한음 돼 허공에 떨군다

섣달그믐날 영시 매질 당하며 오가는 갈림길에서
한해와 연을 자르는 소리는
이슥한 밤 구천 언저리까지 전이 되어 올랐다

어느 쪽이 진짜

거울을 마주하며 진한 색조를 바르고
자그만 손으로 달덩이 낯을 가리기에는 역부족
하지만 다소의 시간을 투자한다면 가능한 일

피에로도 광대도 아닌 몸으로
날마다 얼굴을 가려야 하는 수고는 따르지만
내가 나를 보기 위함이 아니기에 그쯤은 감수하고

자신이 볼 수 있는 정도는
기껏해야 거울을 마주하고 있을 때뿐인걸
결국 타인들이 그를 그 속에 가둔 셈

잘 분장 된 야누스는 벗겨둔 허물을 걸치고
한 손엔 칼 한 손엔 꽃을 들고 성문 앞을 서성인다

실버 카

흔해 빠진 자가용 많아도 징글맞게 많다
농로에도 간간이 뵈는 자가용
시골집에도 한두 대쯤은 기본이다

농촌 마을에도 부쩍 많이 늘어
마을회관 앞에도 비까 번쩍
좀 괜찮아 뵈는 수입차 종도 더러 눈에 띈다

요즘 어르신들은 가까운 곳
나들이하실 때도 손수 운전하고 다니신다

두 다리로 아장아장 걸으시며
지팡이 하나를 더해 세 다리도 모자라
네 바퀴를 더 달고 육신을 거기에 의존하신다

교통 수당이 아닌 의료 수단으로
신모델이 개발되고 늘어만 가는 안타까운 현실

무거운 세상

낮 동안 잡다한 귀울림으로 인한 스트레스 때문일까
들고양이는 탱자나무 덤불 속에서 곱지 않은
소리를 지르며 눈가엔 검은 그늘이 한자리한다

얼룩진 눈물비와 땅거미가 버무려지는 시간
달덩이도 반신을 가리고 살짝 비틀거리며 오른다

하늘의 중력에 무게를 받치기 위함은 아닐진대
전봇대는 하늘을 향해 기둥을 세우고 있다

싼 술 몇 잔에 세상을 토한 이가 부쳐놓은 짬뽕 전은
비둘기 양식이 되고
주위 흔적 진 폐수는 고리타분한 냄새를 풍긴다

하늘이 가벼워질 때까지는 방탕한 이들이 전 부치는
모습과 전봇대 흔들림은 심심치 않게 보게 될 것이다

1박 2일을 부랑하다

일상에서 탈피한 초로는 해방을 맛보며
자유의 신 되어
낮달 아래 사지를 마구 흔들어댄다

마당에서 서성이던 그림자는
한축을 느끼며 한 공간 속으로 빨려들고
화롯불에 어우러져 스토리를 엮는다

시키지 않아도 시간은 입을 열게 하고
희귀한 불명의 정체가 꿈틀거리며
내가 아닌 나를 차지하려 한다

주고받는 말간 물은 멀쩡한 영혼을 건드리고
갈수록 진실의 골은 깊어져
오만가지 희로애락을 곱씹어 토하게 한다

활개 치던 원소는 하나둘 기력 잃어 쓰러지고
여명이 오니 본질로의 자리매김하게 된다

아모르 파티

전쟁터에서 총알 없이 불안해하면서
휴전을 기다렸지만 때는 나를 거부했다

도살장에 끌려가 대기하고 있는 짐승처럼
벌건 대낮에도 초조와 공포를 느껴야 했다

방앗간 낟알 으깨지듯 씹히는 심적 고뇌
잊어야 할 것들은 잔존하고 좋은 기억은 말랐다

흔적 없이 사라지는 포말처럼 지나간 반 십년은
밟힌 은행처럼 쓸모없는 시간이었다

달콤한 몇 마디에 현혹되어
탈곡 당한 허무감이 순간 판단을 책망한다

암흑 속 주검이 되어 두엄에 썩어가는
잡초 같은 박탈감에
인생 다 놓고 싶은 어리석은 생각도 했었다

강화 평화전망대

일그러진 그믐달은
강 가운데에서 오도 가도 못한다

절벽 끄트머리 간신히 기댄 거송은
오롯이 한자리서 그리움 안고서 있다

칠순쯤 뵈는 노목은 고단한 몸으로
떨어진 삭정이 받아들고 강 바라기하고

못내 풀지 못한 쓸쓸함에 창백해진
억새의 빈 가슴은 은파만경을 향해 곡을 한다

핏기없는 민둥산 아랫말 황량한 초소엔
뻔히 알고도 총 겨누고 있는 동포들 모습

더 볼 수 없어 등 돌리니 바람이 앞을 막고
악을 쓰며 가슴속 깊이 파고들어 온다

분단의 아픔

기러기 날갯짓은 북풍한설을 가르며
응어리진 가슴 안고 강을 가로지른다

학수고대하며 고개 굽어진 억새는
정수리 탈모 된 먼산바라기 되었다

파편같이 조각난 누런 잎사귀도
녹슬어 가무퇴퇴하게 흩어져 있다

강 건너 우듬지에 위태롭게 걸터앉은
빈 까치집엔 새바람만 숭숭 드나든다

못된 수컷 고양이

허름한 집에 세 들어 사는 가난한 가정엔
자식들이 우글댄다

책임 못 질 새끼 줄줄이 만들어 놓고
무책임하게 떠나버린 못된 아비의 냉철함

아비가 누군지 모르고 그 품에 의지하고
자라고 있는 어린 자식들의 안타까움

가족 생계를 유지 못 해 불안에 하면서도
대신 자리 지켜줄 이 없어
선뜻 나오지 못하고 주위를 먼저 의식한다

쓰레기통에서 힘들게 먹이를 공수받아
허겁지겁 새끼들 품으로 뛰어야 하는 모정

아직 여물지 못한 새끼들은 미숙함으로
사냥에 나서지만 서툰 순발력은 힘이 부친다

고향 가는 길

둥지를 등에 업고
고향을 향해
잰걸음으로 전진하는
달팽이

가봤던 길이건만
그 끝은 멀다

그 숲엔
이연이 기다리고 있기에
그날까지 걷는다

지금도 제자리에 있는 듯
아직도 끝나지 않은 발걸음
시나브로

겨울비는 대지를 데웠다

정초부터 내리는 비는
묵은 때를 말끔하게 씻기 위함인가

새 생명이 서둘러 꿈틀대는 것은
소식을 미리 전하고 싶어서 인가

계절에 익숙한 초목이
급하게 모공을 열고
살붙이는 모습 보는 건 낯설지 않다

겨울비를 머금고 움트는
정직하지 않음은 나름 아름다움이다

인연의 끈

어느 해 겨울
따스한 날

끈 달린 벙어리 장갑을
얻게 되었다

첨엔 긴 줄이
다소 불편했지만
차츰
편해지고 안심이 되었다

그러나
그 끈은 애석하게도
오래되지 않아
떨어져 나갔다

하지만 한쪽 맨손은
겉모습만 다를 뿐
시리지는 않다

황금 들녘

논두렁 사이 숨어
임자 몰래 여물지 않은
나락의 즙을 짜 단맛을 즐기며
허겁지겁 양 채우는 참새의 호식

보고 있던 허수아비도
등 돌리고 지긋이 눈감았다

길 가던 검둥이 큰기침에 놀라
쏜살같이 도망간다

한철 제대로 만난 메뚜기는
풀잎에서 나락으로
여유를 즐기며 뜀박질하는 풍요

대리모

그 사내의 음탕한 마음을 엿볼 수 있다
촉촉이 물올라 욕망에 찬 살결을 더듬거린다

가지런히 누운 몸에 빳빳한 연장을 들이대고
불그스레한 그 속에
뼈와 살이 되는 생명체를 집어넣으려 애쓴다

해야 한다는 의지에 홀릭 되어
온몸에 비지땀이 줄줄 새어 흐르는 줄도 모르고
정신이 팔려 그 짓에 몰두한다

현란한 애무에 전율을 느끼게 하며 씨를 뿌리고
반년을 품었던 대지를 파헤치고
모든 걸 다 가지고 냉정하게 등 돌리고 말았다

변신

지나가는 바람은 청송 가지 흔들고
살포시 내려앉은 황금 가루는

가둬놓은 고무통 물 위로 날아들어
한 폭의 수채화를
그리고 지우기를 반복한다

그 속에 보름달이 잠겨 있고
넌지시 웃고 있는
낯익은 사내 얼굴도 떠 있다

형광등은 나 모르게 느끼고 있었다

오롯이 한자리만 고집하고
밤낮없이 진을 치겠다는 굳은 신조인가

낯설지 않은 환경에 무의식 행동은
감추어야 할 비밀은 들키게 하고

알지만 모른 척 능청을 떨었기에
노출된 행위는 서슴없이 반복되었다

대놓고 훤히 내려다보기도 했지만
정의를 지키고
속됨을 함부로 남발하지 않았으며
오래도록 천장에 틀어박혀 침묵하고 있다

뒤늦게 알게 된 민망함에
때마다 낯이 붉어지고 수치스러운 맘이 든다

땅 껍데기 위에 지렁이

안영준 시집

2020년 2월 25일 초판 1쇄
2020년 2월 28일 발행
지 은 이 : 안영준
펴 낸 이 : 김락호
디자인 편집 : 이은희
기 획 : 시사랑음악사랑
연 락 처 : 1899-1341
홈페이지 주소 : www.poemmusic.net
E-Mail : poemarts@hanmail.net

정가 : 10,000원
ISBN : 979-11-6284-186-0